L'AMOUR
DANS UN OPHICLÉIDE

VAUDEVILLE EN UN ACTE

PAR

M. CHARLES NUITTER

REPRÉSENTÉ POUR LA PREMIÈRE FOIS, A PARIS, SUR LE THÉATRE DU PALAIS-ROYAL, LE 21 AVRIL 1854.

DISTRIBUTION DE LA PIÈCE.

CAUCANAS, ophicléide	MM. Lhéritier.
ANACHARSIS, triangle.	Leriche.
DÉJANIRE, femme de Caucanas	Mme Thierret.
LÉONTINE, sa nièce.	Irma.
MANETTE, cuisinière	Désirée.

Toutes les indications sont prises de la gauche ou de la droite du spectateur. Les personnages sont inscrits en tête des scènes dans l'ordre qu'ils occupent au théâtre, c'est-à-dire que le premier inscrit tient la gauche du spectateur, et ainsi de suite. — Les changements de position sont indiqués par des renvois au bas des pages.

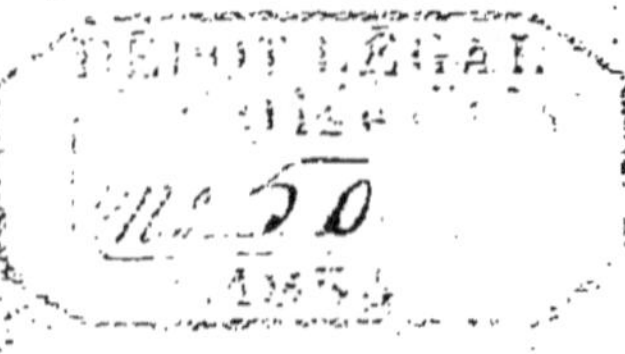

L'AMOUR DANS UN OPHICLÉIDE.

Le théâtre représente un salon bourgeois. — A gauche, deux portes.
— A droite, une fenêtre au premier plan; une porte au second. —
Au fond, deux portes, l'une donnant sur l'escalier, l'autre sur la
chambre de Caucanas. — Un guéridon avec des porcelaines.

SCÈNE I.

MANETTE, puis LÉONTINE.

*(Au lever du rideau, on entend dans la coulisse une musique
militaire qui exécute la marche de Guillaume Tell.*

MANETTE.

Mam'zelle, mam'zelle! venez vite... v'là la Nationale qui
passe. (*Léontine arrive et se met à la fenêtre.**) Tenez, voyez
votre oncle avec son instrument.

LÉONTINE, *criant.*

Bonjour, mon oncle !

MANETTE.

Souffle-t-il ! mon Dieu ! souffle-t-il !...

LÉONTINE.

Pauvre oncle ! comme il a chaud !... Il sue à grosses gout-
tes !...

MANETTE.

Ça lui servira pour ses *rhumatisses*, m'am'zelle. (*On entend
sonner.*)

LÉONTINE.

Manette, on sonne.

MANETTE.

C'est madame... Elle attendra bien que la musique soit *finite.*
Oh ! la musique militaire, je l'adore ! (*On sonne encore.*)

LÉONTINE.

Mais allez donc ! Manette...

MANETTE.

Mon Dieu ! on y va... on y va.

SCÈNE II.

LES MÊMES, ANACHARSIS.

*(Anacharsis est en musicien de la garde nationale; il a son trian-
gle sous le bras; il se précipite par le fond et retire un bouquet de son shako.)***

MANETTE.

Tiens !...

* Manette, Léontine.
** Manette, Anacharsis, Léontine.

LÉONTINE.

Que désire monsieur ?

ANACHARSIS, *donnant son bouquet à Léontine.*

Prenez, mademoiselle, prenez, de grâce...

LÉONTINE.

Mais, monsieur...

ANACHARSIS.

J'avais quatre-vingt-dix-neuf pauses et plusieurs soupirs à compter, mademoiselle. Ah ! (*Il soupire.*) J'ai profité de ce silence pour rompre le mien...

LÉONTINE.

Je ne comprends pas...

ANACHARSIS.

Le temps... et le bataillon qui filent au pas accéléré ne me permettent pas de vous en dire plus long... Adieu, mademoiselle, adieu !... (*Il sort en courant.*)

SCÈNE III.

MANETTE, LÉONTINE, puis DÉJANIRE.

MANETTE.

A-t-il l'air ahuri, ce petit triangle !... Qu'est-ce qu'il veut donc ?...

LÉONTINE.

Je l'ignore...

DÉJANIRE, *entrant, elle est en robe du matin.*

Vous êtes donc sourdes toutes les deux ?...

LÉONTINE.

Nous étions à la fenêtre, ma tante.

DÉJANIRE, *courant à la fenêtre.*

Trop tard !.... j'en étais sûre...* Le défilé est consommé... A peine si l'on aperçoit les dernières bayonnettes qui verdoient... et je n'ai pu le voir, nom d'un petit bonhomme !

MANETTE.

Qui donc ça ?

DÉJANIRE.

Mon mari !... oie !... et c'est votre faute... Qu'avez-vous fait de ma robe ?

MANETTE.**

La voilà, madame ; j'étais en train de la démacadamiser...

* Manette, Léontine, Déjanire.
* Léontine, Manette, Déjanire.

L'AMOUR DANS UN OPHICLÉIDE.

DÉJANIRE.

Manette! votre service commence à me gêner terriblement dans les entournures, prenez-y garde... Eh bien! que faites-vous-là... les bras croisés comme M. Spartacus et le nez en l'air comme un chien de chasse?... Et vos chambres, et votre cuisine?

MANETTE.

On y va, madame, on y va...*

DÉJANIRE.

Dorénavant j'entends que votre ménage soit accompli à neuf heures. Si vous n'êtes pas sourde, tâchez d'en faire votre profit.

MANETTE.

C'est bien, madame, c'est bien ! (*Elle sort.*)

DÉJANIRE, *apercevant le bouquet.*

Et, ces herbes, comme on dit aux *Filles de Marbre,* qui est-ce qui les a apportées ? **

LÉONTINE.

Ma tante...

DÉJANIRE.

Jour de Dieu... parlerez-vous ?

LÉONTINE.

Je ne sais ce que cela veut dire; mais au moment où la musique passait, un jeune homme est entré en courant et a laissé ces fleurs...

DÉJANIRE.

Un jeune homme !...

LÉONTINE.

C'est celui qui joue du triangle dans la musique.

DÉJANIRE, *à part.*

Mon petit triangle !... l'imprudent !... (*Haut.*) Et... il n'a rien dit ?

LÉONTINE.

Rien, ma tante.

DÉJANIRE, *à part.*

Mes pectoraux respirent plus à l'aise. (*Haut.*) Léontine, aller racler votre guitare. Ah !... comme il est probable que votre oncle vous gronderait s'il connaissait l'origine de ce bouquet mystérieux; je crois qu'il est prudent de ne pas lui en parler... Je veux vous éviter tout ce qui peut vous être désagréable.

* Léontine, Déjanire, Manette.
** Léontine, Déjanire.

LÉONTINE.

Vous êtes bien bonne, ma tante. (*A part.*) Elle s'est bien ra-
doucie... Ce n'est guère dans ses habitudes.

SCÈNE IV.

DÉJANIRE, *seule.*

Enfin, je suis seule ! (*Regardant dans le bouquet.*) Une lettre !
j'en étais sûre... l'imprudent ! il pourrait me compromettre...
(*Elle lit.*) Il me demande de lui répondre... Oh ! petit gueux !
c'est bien assez, c'est même beaucoup trop de t'avoir écrit une
fois... Oh ! mais pour lui dire d'être toujours aussi respectueux
et plus prudent ; de se méfier surtout d'un genre de correspondance très-périlleux pour tous deux... Cette fois il a employé
un autre moyen... Puis-je lui en vouloir là en conscience...
non, je ne le crois pas...

CAUCANAS, *en dehors.*

Oui, monsieur... cette plaisanterie est déplacée !

DÉJANIRE.

Dieu ! mon mari... cachons vite ces fleurs accusatrices.

SCÈNE V.

DÉJANIRE, CAUCANAS. *

CAUCANAS, *costume de musicien de la garde nationale, ophicléide
sous le bras.*

J'ajouterai même qu'elle est incongrue... Vous dites ?... Pas
du tout, monsieur, pas du tout, j'ai l'esprit comme le physi-
que... c'est-à-dire très-bien fait... C'est un avantage que j'ai
sur vous...

DÉJANIRE.

Mais après qui en as-tu, bichon ?... m'expliqueras-tu ?

CAUCANAS.

Oui, poupoule, tu sauras tout. Figure-toi que nous recondui-
sions le drapeau à la mairie et aux sons harmonieux de la
marche de Guillaume-Tell... tu sais... (*Il chante.*) la la la la, etc.
Ça ronflait que tout le monde en était aux croisées, excepté
toi, Déjanire...

DÉJANIRE.

Si tu savais, mon ami...

CAUCANAS.

Je ne t'en fais pas un reproche... c'est toi qui y as perdu ! les
cuivres surtout se faisaient remarquer. (*Il imite les cuivres.*) La

* Déjanire, Caucanas.

la la la do la do fa, etc. Tout à coup, des flancs de cet instrument s'échappe une note impossible, un son inconnu, un cri strident et infernal...

DÉJANIRE.

Dieu !

CAUCANAS.

Oui, Déjanire ; un couac gigantesque, le premier, le seul qui me soit échappé !... et ils riaient autour de moi, les animaux ! ils riaient à tordre leurs embouchures !... Arrivés à la mairie, tous sont venus, l'ironie à la lèvre et la goguenardise à l'œil, me demander des nouvelles de ma santé... Tous m'ont fait avaler goutte à goutte l'absynthe du quolibet et le bitre du sarcasme... Tous, tous !... un excepté pourtant... un honnête jeune homme qui s'est tenu à l'écart et qui, par son silence éloquent, a protesté contre les invectives d'une gardenationalesque effrenée...

DÉJANIRE.

Au lieu de vous faire du mauvais sang à cause de cet instrument qui ne vaut plus rien, troquez-le contre un ophicléide de Sax.

CAUCANAS.

Que voilà bien le raisonnement puéril de la femme !... Et qui vous dit, madame, que les instruments de cet artiste aient une supériorité sur leurs rivaux ?

DÉJANIRE.

Dame ! sa porcelaine a beaucoup de succès...

CAUCANAS.

Et de ce que la porcelaine de Sax est recherchée, vous en induisez que les cuivres de cet industriel doivent avoir la suprématie... allons donc, madame, allons donc !...

DÉJANIRE.

Mais, mon ami... ?

CAUCANAS.

Plus un mot ! (*On entend la guitare.*) Qui est-ce qui gratte donc là ?

DÉJANIRE.

C'est Léontine...

CAUCANAS.

Il me vient une idée ! avec la guitare, on peut faire des fausses notes, mais jamais de couacs... Si je l'introduisais dans les musiques militaires en remplacement des cuivres, ma fortune serait faite... En attendant, ça m'agace... qu'elle joue juste quand moi... (*Appelant.*) Léontine !

SCÈNE VI.

(LES MÊMES. LÉONTINE. *

LÉONTINE.

Vous m'appelez, mon oncle ?

CAUCANAS.

Oui, mon enfant ; ta façon de jouer me crispe, m'horripile...

LÉONTINE.

Pourtant je m'applique à jouer juste...

CAUCANAS.

Au contraire... jusqu'à nouvel ordre, laboure tes morceaux de fausses notes et mon oreille sera reconnaissante.

DÉJANIRE.

Vous êtes fou !

CAUCANAS.

Silence, madame !

DÉJANIRE.

J'espère bien qu'elle ne le fera pas.

CAUCANAS.

Elle le fera.

DÉJANIRE.

Choisis entre nos deux volontés, ma nièce !

LÉONTINE.

Mais, ma tante...

CAUCANAS.

Suis les conseils de ta tante, et tu verras...

DÉJANIRE.

Ecoute les stupides conceptions de ton oncle... je ne te dis que cela !...

CAUCANAS.

Madame !...

DÉJANIRE.

Monsieur !...

LÉONTINE.

J'ai pris un parti.

CAUCANAS.

Le mien !

DÉJANIRE.

Le mien !

* Déjanire, Léontine, Caucanas.

LÉONTINE.

Je ne pincerai plus de guitare. -

DÉJANIRE.

Voilà à quoi vous la réduisez... vieux maniaque... *

CAUCANAS.

Encore un de ces conflits insensés dont vous damasquinez mon existence... Il en est de la guitare comme de son mariage !

DÉJANIRE.

Oh ! pour ça, c'est moi seule que cela regarde...

CAUCANAS.

Dé nous deux, c'est moi seul qui suis son oncle...

DÉJANIRE.

Et de nous deux, c'est moi seule qui suis sa tante.

LÉONTINE.

Voyons, ne vous fâchez pas **, je ne me marierai jamais.

CAUCANAS.

Très-bien !

DÉJANIRE

A la bonne heure !

ENSEMBLE.

Air : *Nous n'avons qu'un temps à vivre.*

CAUCANAS.

Sur ma femme je l'emporte
Et je suis seul maître ici.
Les culottes, je les porte,
C'est le sceptre du mari.

DÉJANIRE.

Quoique femme je l'emporte,
Seule je gouverne ici.
Les culottes, je les porte
A la barbe du mari.

LÉONTINE.

Puisque je suis la moins forte,
Mettons-nous à leur merci,
Jusqu'au jour où cette porte
S'ouvrira pour un mari.

SCÈNE VII.

LÉONTINE, *seule.*

Qu'on est malheureux d'être gouverné par deux volontés ri-

---

* Léontine, Déjanire, Caucanas.
** Déjanire, Léontine, Caucanas.

vales ! Quand mon oncle dit oui, on est sûr que ma tante dira non... Ça doit tenir à ce qu'ils occupent deux chambres différentes... mon oncle la chambre jaune, et ma tante la chambre rouge. La chambre jaune n'a qu'à proposer un article pour qu'il soit à l'instant repoussé par la chambre rouge ; aussi je crois que mon seul espoir est dans la réunion des deux chambres, et si je ne parviens pas à l'amener, c'en est fait de mon avenir... il ne me restera plus qu'à apprendre le métier de modiste afin de coiffer Sainte-Catherine à la dernière mode.

SCÈNE VIII.

LÉONTINE, ANACHARSIS. *

ANACHARSIS.

(Il entre vivement. — Il est en bourgeois et n'a conservé que le pantalon d'uniforme.)

Non, vous ne la coifferez pas, mademoiselle, vous ne la coifferez pas.

LÉONTINE.

Monsieur, comment se fait-il ?...

ANACHARSIS.

Enfin ! je puis vous voir... vous parler sans témoins...

LÉONTINE.

Mais, monsieur...

ANACHARSIS.

En daignant accepter mon modeste bouquet, vous m'avez donné l'assurance qui m'avait toujours manqué jusqu'ici... ô Léontine !...

LÉONTINE.

Vous savez mon nom...

ANACHARSIS.

Je l'ai lu sans peine, sur votre douce physionomie... et puis sur ce mouchoir brodé que vous oubliâtes à une représention des *Cosaques*... Oh ! rien qu'en voyant à quel fréquent usage vous l'aviez employé... j'ai compris qu'auprès de vous toute ma vie ne serait qu'une fête, et, que mon amour ne s'éteindrait jamais.

LÉONTINE, *attendrie.*

Ce mouchoir vous m'en avez vu essuyer mes pleurs...

ARNACHARSIS.

Non, mademoiselle, mais en envelopper un bout de sucre d'orge, afin de préserver vos doigts de rose de ce contact non moins attachant que le drame...

* Léontine, Anacharsis.

LÉONTINE.

Oh ! j'espère que vous allez me le rendre...

ANACHARSIS.

Oui, mademoiselle , je vous rendrai votre nom, et le mien avec... car, je l'ai juré, vous serez ma femme...

LÉONTINE.

Votre femme ?...

ANACHARSIS.

Oui, vous serez madame Anacharsis, j'en ai fait le serment solennel, place de la Concorde, aux yeux de deux cents becs de gaz...

LÉONTINE. *

Mais qui vous assure que de mon côté?...

ANACHARSIS.

Oh ! mademoiselle... pourquoi cacher ainsi votre jeu?... Est-ce que vous n'êtes pas toujours là sitôt que celui de mon triangle se fait entendre au milieu de nos marches guerrières.

LÉONTINE.

Mais, monsieur, c'est pour mon oncle...

ANACHARSIS.

Très-bien... et votre réponse à ma lettre... était-ce aussi pour votre oncle?...

LÉONTINE.

Une pareille calomnie, sortez, monsieur...

ANACHARSIS.

Comment ! vous ne m'avez pas écrit : « Soyez toujours aussi discret... »

LÉONTINE.

Jamais, monsieur...

ANACHARSIS.

Heureusement j'ai conservé ce précieux autographe...

LÉONTINE.

Je suis curieuse de le voir...

ANACHARSIS.

C'est chose facile... car rien au monde ne m'en séparera. (*Il fouille dans son habit.*) Non... ce n'est pas dans cette poche-là... un gage aussi précieux... où diable l'ai-je fourré ?... cette preuve de votre tendresse ! je ne la trouve pas... c'est unique... Ah ! elle doit y être... dans ma tunique... Enfin, n'importe ! je vous aime, je vous adore... je croyais que de votre côté vous m'aviez fait le même aveu... mais puisque vous ne me l'avez pas dit, répétez le moi...

* Anacharsis, Léontine.

LÉONTINE.

Mais... monsieur... on vient... Dieu ! ma tante...

ANACHARSIS.

Sa tante....

SCÈNE IX.

LÉONTINE, ANACHARSIS, DÉJANIRE.

DÉJANIRE. *

C'est lui... ah !...

LÉONTINE, *à part.*

Elle va être furieuse...

ANACHARSIS.

Je vais être flanqué à la porte.. (*Haut.*) Madame... certaine-
ment...

DÉJANIRE.

Léontine... laisse-nous... (*Avec bonté.*) Laisse-nous, mon enfant !

LÉONTINE, *à part.*

Comme elle est douce ! Ma foi... je n'y comprends rien...

SCÈNE X.

ANACHARSIS, DÉJANIRE. *

ANACHARSIS, *à part.*

Je vois déjà mousser le savon éternel et sempiternel... rési-
gnons-nous !

DÉJANIRE, *regardant de tous côtés.*

Imprudent ! pourquoi venir jusqu'ici ?...

ANARCHARSIS.

Madame vous savez tout... cette raison seule me détermine
à ne rien vous cacher... apprenez donc que l'amour...

DÉJANIRE.

Plus bas, monsieur, plus bas ! croyez-vous que vos lettres
n'en aient pas dit assez ?...

ANACHARSIS, *à part.*

Il paraît que la petite les lui a montrées...

DÉJANIRE.

Vous oubliez déjà la discrétion que je vous recommandais...

ANACHARSIS, *à part.*

Tron de l'air ! comme disent les Marseillais, c'est la tante qui
a reçu l'épître et qui a répondu !

   * Déjanire, Anacharsis, Léontine.
  ** Déjanire, Anacharsis.

DÉJANIRE.

Craignez, jeune imprudent, craignez pour vous et pour moi surtout, que vous ne voudriez pas exposer... les soupçons d'un mari brutal et jaloux...

ANACHARSIS.

Oh ! pour cela, madame, vous pouvez être sûre... (*On entend des arpèges d'ophicléide.*)

DÉJANIRE.

Entendez-vous... c'est lui... s'il s'apercevait...

ANACHARSIS.

Quand on a un ophicléide devant les yeux, de quoi peut-on s'apercevoir ?...

DÉJANIRE.

N'importe ! fuyez, jeune homme...* fuyez, de grâce, n'abusez pas de ma folle imprudence... contentez-vous d'un écrit arraché à ma naïve et impressionnable nature !...

ANACHARSIS.

Croyez bien, madame, que de mon côté... (*On entend l'ophi-cléide.*)

DÉJANIRE.

Air *du Galoubet.*

C'est mon mari.   (*bis.*)

ANACHARSIS.

Bon ! cette musique acharnée,
Des cancans nous met à l'abri ;
Nulle femme n'est soupçonnée,
Alors qu'elle est accompagnée...
(*Ophicléide.*)   } *bis.*
Par son mari.

DÉJANIRE, *minaudant.*

C'est égal, petit mauvais sujet, il faut partir...

ANACHARSIS, *même jeu.*

Déjà !...

DÉJANIRE.

Grand Dieu ! c'est lui !

ANACHARSIS.

Son mari !...

* Anacharsis, Déjanire.

SCÈNE XI.

Les Mêmes. CAUCANAS. *

CAUCANAS.

Hein?... (*Il est en bourgeois.*) A vous rendre mes devoirs,
monsieur, si j'en étais capable... eh! mais, si mon binocle ne
m'abuse pas, c'est le mortel généreux qui, ce matin, lorsque cha-
cun me gouaillait impitoyablement, a si énergiquement pris ma
défense.

ANACHARSIS, *à part.*

Mais cela se présente bien...

DÉJANIRE.

Tu connais, monsieur... Almanzor?...

CAUCANAS.

Si je le connais!... pas du tout, mais pas du tout, Déjanire...
et pourtant désormais ce sera mon ami, mon meilleur, mon
seul ami... Généreux jeune homme, je comprends tes intentions
condoléantes, mais mon cœur restera profondément ulcéré tant
que mon souffle ne vivifiera plus les cavités sonores de mon
cuivre brillant.

ANACHARSIS.

Mais alors, jouez d'un autre instrument...

CAUCAUNAS.

C'est un éclair, un véritable éclair qui a jailli de ta pensée...
oui, mon intime...

DÉJANIRE.

C'est ce que je te disais ce matin... changes-en!

GAUCANAS,

Mais, lequel choisir?...

ANACHARSIS.

Si le pavillon chinois vous sourit, il y en a un de vacant
dans le bataillon... et comme le chef de musique est mon ami,
je me fais fort de vous faire obtenir ce poste si envié...

CAUCANAS.

Si j'allais ne pas savoir en jouer?

ANACHARSIS.

Bah! tous les comiques du Palais-Royal en pincent dans le
bataillon... et c'est bien le diable, si vous n'étiez pas de leur
force...

CAUCANAS.

Rien que la pensée d'être le collègue de ces grands artistes...

* Anacharsis, Caucanas, Déjanire.

me fait tressaillir d'aise !... mais ton nom... ton nom... mon intime... ton nom, afin qu'il reste gravé dans mon cœur.

ANACHARSIS, *lui donnant sa carte.*

Voici ma carte.

CAUCANAS.

Anacharsis !... *(Il prononce toujours char et non kar.)* Je ne l'oublierai pas ; d'ailleurs, je connais intimément, mais là intimément... de réputation un jeune savant de ce nom qui a écrit l'histoire de la Saint-Barthelemy... en Grèce...

DÉJANIRE.

Seriez-vous de sa souche ?

ANACHARSIS.

Je ne crois pas...

CAUCANAS.

C'est égal ; vous devez lui ressembler... Je ne l'ai jamais vu et pourtant je trouve que c'est frappant !...

ANACHARSIS.

Je vais aller écrire votre lettre de demande...

CAUCANAS.

C'est cela, et puis tu viendras dîner avec nous ; hâte-toi, je t'attends. *

DEJANIRE, *s'oubliant.*

Va vite... il t'attend.

CAUCANAS.

Comment ! *tu quoque*, madame, vous tutoyez mon ami... Eh ! de quel droit s'il vous plait ?... avez-vous jamais gardé ensemble le même poste ?...** Que signifie ceci ? sapristi !... que veut dire cela ? saprelotte !...

DEJANIRE, *troublée.*

Mais tu confonds... c'est à toi que je m'adressais mon gros chéri... je te disais... va vite... monsieur t'attend... pour le reconduire...

CAUCANAS.

Ah ! très-bien... ah ! parfait, parfait !

ENSEMBLE.

Air : *A demain.* (Diner de Madelon.)

A tantôt,
Tantôt d'un bon gigot
Nous aurons une tranche ;
A tantôt,
Et jusques à son manche.
Nous dirons un mot.

* Caucanas, Anacharsis, Déjanire.
** Anacharsis, Caucanas, Déjanire.

SCÈNE XII.

CAUCANAS.

(Il prend son ophicléide entre ses bras.)

O toi, mon ancien compagon de célibat, toi à qui j'avais con-
sacré jusqu'à mon dernier souffle, tu as trahi ma confiance...
tes couacs réitérés ont déchiré mes oreilles et mon cœur...
c'en est fait !... je te quitte... Je te quitte et pour toujours...
et pourtant au moment de te dire un éternel adieu, je sens un
lâche pleur perler à travers mes cils humides... hélas !... laisse
moi t'embrasser, te presser une dernière fois sur ma poitrine
gonflée de sanglots... *(Il l'embrasse.)* O prodige !... on dirait que
de ces cavités profondes s'exale un parfum de musc ou
d'ambre. *(Il regarde.)* En effet... j'entrevois un corps étranger.
(Il plonge le bras.) Un papier... *(Il joue.)* Tout s'explique à présent... innocent ! innocent !... voilà donc la source de tes couacs
si multipliés... Voyons... *(Il lit.)* « O vous que j'adore, voici la
« dix-huitième lettre que je vous écris... » Bigre !... « Si vous
« n'êtes pas complètement insensible, daignez mettre quelques
« fleurs du bouquet que vous avez accepté ce matin, dans cet
« instrument, notre confident discret... » Ah ! grand Dieu ! je
ne me sens pas bien... et pas de signature... à qui peut s'a-
dresser ce tissu d'iniquités !... Est-ce ma bonne, ma fille, ou
ma f... femme... voilà la question !... comme dit le grand
Shakespeare... ma femme...

Air de la Sentinelle.

Oui, je le sens, des soupçons, des regrets,
   Sous mes pieds s'entr'ouvre la trappe !
Sur sa vertu quand je me reposais,
   Ce soutien faiblit et m'échappe !
   Hélas ! je ressemble à présent,
   Dans ma déception amére,
   A l'homme qui tire en avant
   Une bretelle, en oubliant
   De la boutonner par derrière...
    Par derrière...

Soyons astucieux et diplomate... Tentons une épreuve in-
faillible... *(Appelant gracieusement.)* Dejanire... Léontine... Manette... venez, mes petits agneaux...

SCÈNE XIII.

CAUCANAS, DEJANIRE, MANETTE, LÉONTINE.*

DEJANIRE.

Qu'appelez-vous à nous appeler ainsi toutes trois.

* Léontine, Caucanas, Déjanire, Manette.

MANETTE.

Quoi qu'y a, m'sieu ?

CAUCANAS.

Comme je tiens essentiellement à faire honneur à notre hote,
j'ai pensé que l'occasion était propice pour étrenner nos jolies
tasses du japon...

DEJANIRE.

C'est une bonne idée, mon vieux lapin...

CAUCANAS.

Manette, aidez votre maîtresse... Léontine, aidez votre tante.
(*A part.*) Ma souricière est tendue.* (*Haut.*) Surtout prenez bien
garde de les casser... (*Les trois femmes essuient les tasses.*)
(*A part.*) Voilà le moment... (*Haut, gracieusement.*) A propos...
mes petites chattes... (*Avec fureur.*) Quelqu'un vous fait la
cour... (*Les trois femmes poussent un cri, et laissent tomber la
porcelaine.*) Seraient-elles coupables toutes trois ? Mon expé-
rience a raté et j'en suis pour ma porcelaine...

DEJANIRE.

Vous êtes fou, monsieur Caucanas...

ENSEMBLE.

Air : *Approchez tous !* (Philtre.)

CAUCANAS.

Hélas ! dans cette circonstance
Un bandeau me couvre les yeux ;
Et je ne puis punir l'offense
De ce coquin mystérieux !

DÉJANIRE, MANETTE ET LÉONTINE.

Ah ! c'est vraiment de la démence !
Laissons-le donc seul en ces lieux ;
Et plus tard nous pourrons, je pense,
Le retrouver moins furieux.

(*Dejanire entre dans la chambre du fond.*)

SCÈNE XIV.

CAUCANAS.

Je suis aussi anxieux et perplexe que naguères... et le vau-
tour de l'incertitude me ronge de son bec d'acier...

SCÈNE XV.

CAUCANAS, ANACHARSIS. **

ANACHARSIS.

Monsieur... me voici avec la lettre de recommandation...

* Manette, Léontine, Déjanire, Caucanas.
** Caucanas, Anacharsis.

CAUCANAS. *

Ah ! c'est vous, M. *Anacharsis*, merci !..

ANACHARSIS.

Vous pouvez voir en quels termes chauds et brulants...

CAUCANAS.

Trop bon ! donnez-vous donc la peine de vous asseoir. (*Il pose la lettre sur la table. — à part.*) Que c'est donc sciant de faire l'aimable quand on est embêté d'une façon aussi majeure... (*Ils s'asseoient en face l'un de l'autre. — Silences. — Sourires.*) Un temps superbe, monsieur... superbe !.. Si ça continue avant quinze jours on pourra approcher des asperges... (*A part.*) Ma tête est un fourneau de verrerie... je suffoque !.. ça m'étouffe... j'étrangle !... *Anacharsis*... écoute.

ANACHARSIS

Je ne vous perds pas de vue, mes yeux sont tout oreille.

CAUCANAS.

En voyant cet ophicléide tu te dis peut-être : voilà un bel instrument et comme on doit faire de jolie musique avec !..

ANACHARSIS.

Sans doute....

CAUCANAS.

Ton sans doute, sans que tu t'en doutes, n'a pas le sens commun... Sais-tu ce qu'on a fait de cette source d'harmonie ?.. un foyer de discorde !... Il a servi de receptacle à une correspondance prévue par l'art. 338 du code pénal !

ANACHARSIS.

Grand Dieu !

CAUCANAS.

Tu frémis... donc tu as l'âme candide...

ANACHARSIS, *à part.*

Heureusement il ne se méfie pas de moi...

CAUCANAS.

Tu dis ?

ANACHARSIS.

Je dis qu'on aura sans doute confondu votre instrument avec les nouvelles bornes à lettres.

CAUCANAS.

C'est vraisemblable, mais impossible.

ANACHARSIS, *à part.*

Dépistons-le ! (*Haut.*) Si vous vous serviez des armes de votre ennemi pour le combattre...

* Anacharsis, Caucanas.

CAUCANAS.

Donne-moi le fil...

ANACHARSIS.

Si par la même voie de correspondance vous indiquiez un rendez-vous, on y viendrait peut-être...

CAUCANAS.

C'est un éclair !... Oui, mon intime, je vais écrire... et *illico* encore... (*Il va à la table sur laquelle il avait déposé la lettre d'Anacharsis.*) Encore une lettre! (*la prenant.*) que je suis obtus ! c'est la lettre de recommandation de mon bon génie... mais que vois-je?... ces pattes de mouche... ce sont les mêmes que celles qui ont déshonoré mon instrument !.. (*Appelant avec dou-ceur.*) Anacharsis !.. mon bon!... (*le prenant au collet.*) gredin ! canaille, pleutre, filou, polisson... le nom de ta victime S.V.P.

ANACHARSIS.

Au secours! à la garde! il m'étrangle !

SCÈNE XVI.

LES MÊMES, MANETTE. *

MANETTE.

Ah ! mon Dieu !

CAUCANAS.

Que venez-vous faire ici? qui vous a appelée?...

MANETTE.

C'est madame qui m'envoie vous dire que vous êtes en retard pour votre répétition...

CAUCANAS, *tenant Anacharsis au collet d'une main et tirant sa montre de l'autre.*

En retard ! c'est encore une amende d'un franc que je te devrai, mais nous réglerons tout ensemble !..

ANACHARSIS.

Lachez-moi donc !...

CAUCANAS.

Que je te lâche !... (*Riant convulsivement.*) Tiens, regarde comme je te lâche !... Canaille ! il y a un poste près du théâtre et je vais te livrer à la vindicte des lois... allons ! pas accéléré !.. arche !!!

SCÈNE XVII.

MANETTE, DEJANIRE, LÉONTINE puis ANACHARSIS. **

DEJANIRE.

Mon Dieu... quel est ce bruit?...

* Anacharsis, Caucanas, Manette.
** Manette, Déjanire, Léontine.

LÉONTINE.

D'où partaient ces cris?...

MANETTE.

De la bouche de ce pauvre jeune homme, que Monsieur
secouait comme un prunier...

LÉONTINE.

Encore un mariage de manqué.

ANACHARSIS.

(*Il rentre effrayé, haletant, un pan d'habit déchiré.*)
Je viens de me soustraire aux griffes de ce tigre affamé, nous
nous sommes roulés à terre et j'ai pu m'en débarrasser en
faveur du ruisseau.

DEJANIRE. *

Pauvre enfant, tenez... asseyez-vous dans ce fauteuil...

LÉONTINE.

Prenez ce verre d'eau, ça vous remettra...

DEJANIRE.

Et du sucre...

ANACHARSIS.

Merci, merci, je ne demande que mon chapeau.

MANETTE.

Voilà monsieur qui remonte !...

ANACHARSIS.

Au nom du ciel, cachez-moi...
(*Ils courent tous comme des ahuris, et s'enferment successivement.*)

SCÈNE XVIII.

CAUCANAS.

(*Il est souillé de boue et tient un pan d'habit à la main.*)

De cet infame gueux, voilà ce qu'il me reste !

Il avait un habit, il n'a plus qu'une veste !

Par où a-t-il filé?... je le repincerai plus tard !... Sachons
toujours laquelle dès trois est l'Hélène de ce nouveau Paris !
Voilà pourtant ou l'amour mène hélas! (*Appelant.*) Manette.

SCÈNE XIX.

CAUCANAS, MANETTE. **

MANETTE.

Eh bien, monsieur ! vous êtes propre !... Dieu merci !...

* Déjanire, Anacharsis, Léontine, Manette, deuxiéme plan.
** Caucanas, Manette.

CAUCANAS.

J'ai été légèrement éclaboussé par une Hirondelle ou un Tricycle. Je ne sais pas au juste... mais il n'est pas question de cela pour le quart d'heure... Mademoiselle vous avez un amant... je sais tout.

MANETTE.

Mais monsieur...

CAUCANAS.

Je sais tout, vous dis-je !

MANETTE.

Dame ! monsieur, puisque vous le savez...

CAUCANAS.

C'était elle !... ouf ! je respire... allons, allons, j'en suis quitte à bon marché... Tra la, la deridera !...

MANETTE.

Tiens, tiens; mais il ne prend pas trop mal la chose. Alors, monsieur n'est pas fâché ?

CAUCANAS.

Mais pas du tout... au contraire, c'est de ton âge... Un cœur de vingt ans sans amour, c'est une clarinette sans anche !...

MANETTE.

Dame! monsieur; l'uniforme ça me séduit toujours...

CAUCANAS.

Alors, ma fille, il ne faut pas trop me regarder quand j'ai le mien...

MANETTE.

Oh ! il n'y a pas de danger... quand je suis toquée pour un.. je ne me retoque point-z-avec un autre...

CAUCANAS.

Oh! z'avec !... tu as des principes... pas de grammaire... mais tu en as... j'espère au moins que tu l'épouseras ?

MANETTE.

Nous n'attendons plus que la permission de son colonel.

CAUCANAS.

Cette formalité est une superfétation dans la garde nationale.

MANETTE.

Oui; mais dans le 36e, c'est de rigueur.

CAUCANAS.

Le 36e ! comment ce n'est pas ce jeune homme de ce matin?... C'est à la ligne que vous avez laissé pêcher votre cœur?... c'est une infamie... je vous chasse !... sortez ! sortez !...

SCÈNE XX.

CAUCANAS, puis LÉONTINE.

CAUCANAS.

Encore une déception !... continuons nonobstant nos re-
cherches ; expérimentons sur ma nièce. (*Il appelle.*) Léontine !

LÉONTINE.

Mon oncle !... *

CAUCANAS.

Au lieu de vous circonvenir un laps plus ou moins long je
préfère attaquer le bœuf par les cornes !.., Je sais tout mademoiselle... vous avez cédé à une inclination !

LÉONTINE.

Moi, mon oncle ?

CAUCANAS.

Je ne vous en veux pas ! la faute n'en est pas à vous, mais
à la nature qui veut que les jeunes filles paient un tribut à l'a-
mour comme les jeunes gens à la conscription...

LÉONTINE.

Croyez pourtant mon oncle que je n'ai jamais eu rien à me
reprocher...

CAUCANAS.

L'oncle dont tu sors m'en est un sûr garant.

LÉONTINE.

D'ailleurs... ce jeune homme...

CAUCANAS.

Enfin ! cette fois je le tiens, mon jeune homme. !

LÉONTINE.

Il est si distingué... blond comme un chérubin...

CAUCANAS.

Blond ! c'est bien cela !

LÉONTINE.

Je vous en aurais parlé, mais je craignais de vous déplaire.
et puis je serais si malheureuse si vous le refusiez...

CAUCANAS.

Tu n'en épouseras jamais d'autre...

LÉONTINE.

Oh ! mon bon oncle !... que vous êtes gentil ! Ainsi... vous
ne m'en voulez pas ?...

CAUCANAS.

Je te reprocherai seulement d'avoir reçu dix-sept lettres de
lui... tu vois que je suis bien informé... dix-sept !...

  * Léontine, Caucanas.

LÉONTINE.

Mais il ne m'a jamais écrit !

CAUCANAS.

Tu dis ?

LÉONTINE.

Je dis que je n'aurais pas voulu recevoir une seule lettre...

CAUCANAS.

Mais ce n'est pas un fil qui tient cette intrigue... c'est une anguille !... chaque fois que je crois le saisir... le fil !... elle me glisse dans les mains... l'anguille !... sacrebleu ! maugrebleu !... mademoiselle... votre conduite est monstrueuse, elle ferait dresser les cheveux sur les têtes les plus chauves... sortez mademoiselle, ou craignez ma malédiction !

SCÈNE XXI.

CAUCANAS, DÉJANIRE.

DÉJANIRE.

Ah ! mais la maison est donc en révolution aujourd'hui ?

CAUCANAS.

Ma femme !... c'en est fait !... plus la moindre perche de sauvetage où puisse s'accrocher le doute. (*Il s'essuie le front avec le pan d'habit d'Anacharsis.*) Quel est le corps étranger qui a fait frissonner mon front ?... (*Il tire un papier de la poche.*) Une lettre ! l'écriture de ma femme !... Tenez madame, voici la preuve de vos deportements !...

DÉJANIRE.

Dieu !...

CAUCANAS.

Vous ne me reverrez jamais !

DÉJANIRE.

Où allez-vous ? vous avez l'air égaré ?

CAUCANAS.

Je suis très-calme, et je vais chez mon avoué... (*S'animan par degrès.*) Chez mon avoué, où le papier timbré va se noircir du plus dramatique des procès... Oui, madame, je paierai fort cher un avocat de beaucoup de talent, qui démontrera parfaitement... oh ! mais là très-parfaitement, à quel point vous m'avez rendu ridicule... Pendant trois mois les échos du Palais-de-Justice grouilleront du bruit de mes infortunes, la *Gazette des Tribunaux* les redira au monde civilisé, et dans le fond de leurs études, madââme !... les clercs d'avoué nous blagueront atrocement...

* Caucanas, Déjanire.

SCÈNE XXII.

LES MÊMES, ANACHARSIS, LÉONTINE. *

ANACHARSIS.

Demeurez ! ô vertueux Caucanas !

CAUCANAS.

Lui ! lui ! lui !

ANACHARSIS.

Vous êtes victime d'une erreur, j'ai tout entendu !...

CAUCANAS.

Comment l'entendez-vous ?

ANACHARSIS.

C'est votre nièce que j'aime !...

CAUCANAS.

Pitié, pitié... et tes lettres, gredin ! tes dix-sept lettres qu'elle n'a pas reçues...

ANACHARSIS.

Sa tante, votre vertueuse épouse qui veillait sur son innocence, les a soustraites à ses pudiques regards !...

DÉJANIRE, *à part.*

Noble jeune homme !... il me sauve !...

CAUCANAS.

Il se pourrait... ** non, il ne se pourrait pas, car cette lettre est assez explicite... « Soyez discret et espérez... »

DÉJANIRE.

Eh bien ?... c'est assez clair, j'imagine... espérez...

ANACHARSIS.

C'est-à-dire, attendez... je vous donnerai ma nièce...

CAUCANAS.

C'est un second éclair... jeune homme, vous en êtes rempli, vous pourriez au besoin remplacer la machine électrique.
(*Léontine entre.*)

ANACHARSIS.

Vous êtes bien honnête.

CAUCANAS. ***

Et la preuve...

ANACHARSIS.

La preuve c'est que j'épouserai mademoiselle Léontine si vous y consentez...

CAUCANAS.

Qu'en dis-tu, Dejanire ?

   * Caucanas, Anacharsis, Déjanire.
  ** Anacharsis, Caucanas, Déjanire.
 *** Anacharsis, Léontine, Caucanas, Déjanire.

DÉJANIRE.

Je ne demande pas mieux...

CAUCANAS.

Et toi, Léontine...

LÉONTINE.

J'ai promis de vous obéir en tout !

CAUCANAS.

Allons ! allons ! je me suis mystifié moi-même... ça me vexe... mais ça m'est très-agréable... Cependant je me suis donné bien du mal, et il me restera toujours un doute... à savoir si je dois être content d'être fâché, ou fâché d'être content...

SCÈNE XXIII.

LES MÊMES, MANETTE. *

MANETTE.

Monsieur ! voilà ce qu'on a remis pour vous... (*Elle lui donne une lettre et un chapeau chinois.*)

CAUCANAS.

Ma nomination de chapeau chinois et les insignes de mon grade... je m'en fiche pas mal à présent... La chasteté de mon ophicléide m'a été démontrée et ma femme ne fera plus de couacs...

CHŒUR.

Air de la *Chasse aux Corbeaux*.

Joyeuse destinée,
Qui sourit à nos vœux.
Enfin cette journée
Nous rendra tous heureux.

CAUCANAS, *au public*.

Air : *Vaudeville de la Somnambule*.

Vous le savez, messieurs, l'ophicléide
A détrôné le classique serpent,
Le serpent est méchant, perfide !
L'ophicléide est gai, rond, bon enfant !
Puis le serpent, siffleur par caractère,
Sous les fleurs se cache souvent.
Par vos bravos, prouvez que ce parterre,
Pour nous, ce soir, ne cache aucun serpent.

CHŒUR. — REPRISE.

Joyeuse destinée, etc.

* Anacharsis, Léontine, Caucanas, Manette, Déjanire.

FIN.

Clermont (Oise. — Imp. A. Daix.